Scènes de la vie théâtrale

suivi de

Le Spectatophile

Collection « Théâtres »
dirigée par Denis Pryen et Jérôme Martin

Dernières parutions

Christophe PETIT, *Des garçons comme s'il en pleuvait*, 2014.
Julie ABECASSIS, *Se taire tue, parler aussi ; pas les mêmes*, 2014.
Irène KRASSILCHIK, *Il m'est arrivé quelque chose*, 2014.
Bernard H. RONGIER, *Dernières nouvelles de William S.*, 2014.
Aurélie VAUTHRIN-LEDENT, *C'est l'histoire de la famille de l'amour... non, c'est pas ça...*, 2014.
Laura & Stéphane HURT, *Quand Jésus rencontre Freud. Suivi de Vers un Temps*, 2014.
Jean-Paul INISAN, *Philo-Circus, Tragi-comédie en deux actes et un épilogue*, 2014.
Agnès CHAMAK, Julie ESTRADY, Odile HULEUX, *Maison close*, 2013.
Florent MEYER, *Au sang !*, 2013.
Ghislaine BIZOT, *Hors jeux*, 2013.
Maud TRIANON, *Guerre parlée. Monologues de guerre*, 2013.
Elie VOLF, *La longue vie du savant Eugène Chevreul (1786-1889). Entretiens Chevreul-Faraday et Chevreul-Nadar*, 2013.
Jacqueline ZINETTI, *Le chien dans l'arbre*, 2013.
Bernard FAIDUTTI, *Le Voyage d'Albert Speer dans sa prison*, 2013.
Michel CORNELIS, *Manoir – saison 13*, 2013.
Jacqueline ZINETTI, *Deux femmes pour l'éternité*, 2013.
Jean-Marie SIRGUE, *Capitaine Le Jan*, 2013.
Daniel BOUKMAN, *Liwa Lajan. L'argent roi. Adaptation en langue créole de Martinique du Plutus d'Aristophane*, 2013.
Bernard BACHELOT, *L'Alibi. Un échec de Louis XIV en Algérie*, 2013.

Corinne François-Denève

Scènes de la vie théâtrale

saynètes comiques pour trois comédiens

suivi de

Le Spectatophile

saynète de Benoît Lepecq,
avec la complicité de Corinne François-Denève

5-7, rue de l'Ecole-Polytechnique, 75005 Paris

http://www.harmattan.fr
diffusion.harmattan@wanadoo.fr

ISBN : 978-2-343-03575-8
EAN : 9782343035758

Pour Jean-Yves et Anne,
Pour Sylvie et Patrick,
Pour Martin
Et, surtout,
Pour Vincent !

VLADIMIR :
Tout de même, tu ne vas pas me dire que ça ressemble au Vaucluse ! Il y a quand même une grosse différence.
ESTRAGON :
Le Vaucluse ! Qui te parle du Vaucluse ?

Samuel Beckett, *En attendant Godot* (1948-1952).

La vie est un pont, morne pont qui réunit les deux néants, celui d'avant, celui d'après.
Or, que faire sur un pont, à moins que l'on n'y danse tous en rond, ainsi que cela se pratique notoirement sur le pont d'Avignon ?
Gaudeamus igitur, *mes frères, et laissons les gens graves souffler ridiculement dans de ridicules baudruches qu'ils considèrent ensuite tels des blocs de Paros.*

Alphonse Allais, « Gaudissart s'amuse », in *Pour cause de fin de bail (et autres)*, 1899.

« Le Spectatophile » a été créé à la Cité de la Musique de Marseille, lors de la journée des Conservatoires de France, le 7 février 2013.
Distribution : Romain Bigot, Martin Houssais.
Mise en scène : Benoît Lepecq.

Une version écourtée de *Scènes de la vie théâtrale* a été créée le 23 juillet 2013, à Avignon, dans le cadre du festival Off, salle Roquille (« La première fois », « *Jungle fever* », « L'Illustre-Théâtre », « L'Agente », « Et vogue la roulotte », « Le Spectatophile », « L'habilleuse », « Suréna et les plombiers », « Sur le pont d'Avignon »).
Distribution : Romain Bigot, Sophie Claret, Martin Houssais.
Mise en scène : Benoît Lepecq.

« Sur le pont d'Avignon » a été joué lors du concours de violon Ginette Neveu, à l'Opéra-Théâtre d'Avignon, le 18 octobre 2013.
Distribution: Romain Bigot, Sophie Claret, Thomas Pouget.
Mise en scène : Benoît Lepecq.

Une version plus longue (mais toujours incomplète) a été jouée à Longeau, le 14 décembre 2013, dans le cadre des quatrièmes « Rencontres du Théâtre Amateur » en Haute-Marne (« La première fois », « *Jungle fever* », « L'illustre-Théâtre », « L'Agente », « Et vogue la roulotte », « Le Spectatophile », « L'habilleuse », « La Bassine », « Suréna et les plombiers », « Sur le pont d'Avignon »).
Distribution : Romain Bigot, Sophie Claret, Thomas Pouget.
Mise en scène : Benoît Lepecq.

Sommaire

Scènes de la vie théâtrale

saynètes comiques pour trois comédiens
Durée indicative : 1 h 30

suivi de :

Le Spectatophile

saynète de Benoît Lepecq
avec la complicité de Corinne François-Denève.

La première fois

Chloé : jeune comédienne de seize ou dix-sept ans, avec une certaine expérience du cinéma.
Gaël : jeune comédien de seize ou dix-sept ans, qui sort tout juste du Conservatoire.

Tous deux sont en peignoir, face au public, sur deux chaises.

CHLOÉ : C'est ta première fois ?

GAËL : Et toi aussi, c'est ta première fois ?

CHLOÉ : Ah non, moi, j'l'ai déjà fait plein de fois. Mais bon, j'ai toujours quand même cette émotion. Puis avec toujours plein de gens autour, c'est gênant. Je sais pas si ça te fait ça, mais on a toujours trop chaud ou trop froid. Et puis on attend. C'est jamais le bon moment. Et des fois, on n'a pas envie. *(Faussement câline)* Enfin, j'dis pas ça pour toi, hein. Mais y'en a qui sont lourds, mais lourds... T'es pas lourd, toi... T'as l'air tout léger *(Elle pouffe)*. Une fois j'avais joué ça avec… tu sais... Machin ! Lui, il est lourd, mais lourd, j'avais cru mourir.

GAËL : Ah oui, j'l'avais vu, c'était dans *Californie de mes seize ans*. J'avais vu le DVD avec mes copains. J'avais bien aimé. Et puis là, j'me retrouve avec toi, ça fait bizarre, quoi.

CHLOÉ : T'inquiète pas, ça fait pas mal. *(Petit rire)* Ils t'ont fait des raccords maquillage ? Parce que moi, y'en a toujours trop ou pas assez. J'ai même dû porter un postiche une fois. J'ai cru que ça allait se décoller pendant l'acte, j'te dis pas. J'me tortillais sous les draps, la honte…

GAËL : Ah bon, un postiche ? Moi, on m'a fait juste une petite teinture pour être raccord. Parce qu'on m'a un peu teint les cheveux. Deux tons en dessous de ma teinte naturelle.

(Chloé regarde sous le peignoir, au niveau du sexe de Gaël)

CHLOÉ : Ah, mais c'est bien fait ! C'est Victor qui t'a fait ça ? Il m'avait fait des mèches sur mon dernier film …

(Grand moment de silence et de gêne)

GAËL : Et en fait, là, ils font quoi ? On attend quoi ?

CHLOÉ : Ben, t'sais, c'est les réglages techniques. Pis nous, on n'est pas des stars. On n'a pas de doublures-lumière. Mais un jour, ça viendra. *(Elle le touche sans cesse, à sa grande gêne)* Moi, je me dis qu'un jour ou dans cinq ans, j'aurai une doublure « fesses » *(Elle les montre à Gaël).* Parce que là, tu vois, ça tient. Mais dans cinq ans …

GAËL : Ouais, ouais, là, c'est sûr, ça tient…

(Grand moment de silence et de gêne)

GAËL : Mais tu sais comment ça se passe, parce que, le scénario, il était pas très clair ?

CHLOÉ : Oh bah, tu sais, il y a une part d'improvisation : dessus, dessous, dehors, dedans, devant, derrière. Comme tu le sens.

GAËL : Mais, pour les positions… Pour les positions de caméra… Faut qu'on sache un peu…

CHLOÉ : Ah non, avec Jean-Claude, c'est toujours caméra à l'épaule.

GAËL : Mais, on est bien d'accord, c'est pour les nécessités du scénario ? C'est pas pornogra... éroti... C'est... pour le scénario... ?

CHLOÉ : Non, c'est un vrai film d'auteur. Et donc, ça parle de la vie, donc des choses de la vie, et le sexe, c'est les choses de la vie !

GAËL : Ouais, mais, les scènes de sexe, moi, j'ai pas l'habitude…

CHLOÉ : Tu sais, c'est comme le reste, c'est d'la technique, hein. Une fois que t'as pris le pied, le reste vient avec !

(Grand moment de silence et de gêne)

CHLOÉ : T'as fait le Cons', toi non ? Ça se voit. C'est ta façon de te tenir.

GAËL : Ouais. Ça donne des bases. Et toi, t'as pris des cours ?

CHLOÉ : Ben moi tu sais j'ai été repérée sur une plage quand j'avais douze ans. Mais j'avais fait de la danse. Douze ans de *modern jazz*. Et après j'ai pris des cours. L' « Atelier Ludivic Bretzel », « Les Enfants qui jouent », tout ça quoi.

GAËL : Ah ouais. C'est cher, non ?

CHLOÉ : J'ai fait des photos pour les payer. J'en suis pas fière, mais j'ai pas honte. Pis tu vois, tu coup, je suis plus à l'aise que toi. T'as pas fait de photos érotiques, toi ? C'est interdit, au Cons' ?

GAËL : Euh, euh, je sais pas si c'est interdit. J'ai jamais demandé. Non, moi j'étais télé-acteur.

CHLOÉ : Ouah ! T'as fait de la télé ?

GAËL : Euh, non, *hotline*, tout ça.

CHLOÉ : *Hotline* ? Coquin…
(Silence gêné)

GAËL : Là, y'a personne sur le plateau ? Ils sont tous partis ?

CHLOÉ : Attends, Jean-Claude, il me refait pas le même coup que sur *Californie de mes seize ans*? *(Elle sort son portable de la poche de son peignoir et regarde l'heure)* Putain ! C'est la pause déjeuner ! Oh les cons !

Une jeune pharmacienne indifférente.
DANIEL : « ancien jeune premier » à la voix profonde.

LA PHARMACIENNE : Monsieur ? C'est à vous !

DANIEL : Oui, bonjour. J'ai une petite ordonnance à faire renouveler.

LA PHARMACIENNE : S'il vous plaît... *(Il la lui donne)* Alors... De la cortisone, des anti-inflammatoires, des collutoires... D'accord... La propolis, en spray ou en dragées ?

DANIEL : Les deux, en fait.

LA PHARMACIENNE : Oh bah, dites donc...Vous êtes mal en point…

DANIEL : Non, c'est préventif.

LA PHARMACIENNE : Ah bon ?

DANIEL : Oui. La voix, c'est mon instrument de travail.

LA PHARMACIENNE : Ah ?

DANIEL : Oui, je suis... comédien.

LA PHARMACIENNE : Oui, on a une cliente, elle est au théâtre de Bobigny.

DANIEL : Ah... Moi, c'est surtout du doublage.

LA PHARMACIENNE : La dame du théâtre, elle me disait l'autre jour qu'elle avait annulé une représentation parce que l'acteur, il avait plus de voix.

DANIEL : Ah oui. Oui. Ah, c'est ma terreur... Si j'ai plus de voix, j'ai plus mes heures. Alors, je prends mes précautions.

LA PHARMACIENNE : Si vous êtes fragile des cordes, faut pas tirer dessus.

DANIEL : Vous pourriez me mettre un petit peu de vitamine C, parce que je ne me sens pas au mieux de ma forme ? Et comme je double souvent des voix puissantes, viriles, enfin vous comprenez…

LA PHARMACIENNE : Ah. Oui. Quel genre ?

DANIEL : Vous savez, ces grands acteurs américains dans des *blockbusters* d'action. On ne sait jamais quel acteur obscur se cache derrière cet organe qui vous fait vibrer, pop-corn en main, le samedi soir, avec votre fiancé, dans le multiplexe. Eh bien…

LA PHARMACIENNE : C'est vous ?

DANIEL : Peut-être. Il faut garder le mystère. Vous me mettriez aussi un peu de Propranolol? Parce que je suis un peu traqueur…

LA PHARMACIENNE : Ah, ça doit être embêtant. C'est pas un métier facile. On dirait pas, comme ça. Nous, on voit que les paillettes…

DANIEL : Vous auriez pas quelque chose aussi pour les crampes d'estomac ?

LA PHARMACIENNE : Bah si, je vais vous donner ça.

DANIEL : En fait ce qui me terrifie le plus, c'est les pertes de mémoire. Vous avez quelque chose pour…

LA PHARMACIENNE : Du zinc. Le zinc, c'est bien. Mais ça fait mal à l'estomac.

(Le portable de Daniel sonne)

DANIEL : Pardon. *(Il répond)* Allô, Tsilla ? Ouais, salut ! Ouais, j'suis au studio, là. Non, ça marche bien, j'suis content, j'ai pas à me plaindre. La voix du léopard dans *Jungle Fever* ? Écoute, faut que j'réfléchisse. J'te rappelle. *(Il raccroche)*. C'était mon agent. J'vais pas vous retarder. *(Il sort)*

LA PHARMACIENNE : Monsieur, vos médicaments ! Ah, les artistes... Oh, et puis, qu'ils crèvent !

L'ILLUSTRE-THÉÂTRE

JEAN-MIQUEL : l'administrateur, très vieille France, très imbu de sa personne, gestes amples et démonstratifs, toujours en train de travailler ses poses.
CHLOÉ : jeune actrice, très fraîche, en jean, chewing-gum, très « nature ». Pas forcément vulgaire, mais elle ne semble pas à sa place dans le lieu.

JEAN-MIQUEL : Bonjour, mademoiselle. Je vous prie, installez-vous.

(Elle s'assied avec une cérémonie feinte)

CHLOÉ : Dites donc, ils sont pas mal, vos fauteuils. J'adore le velours. C'est du vrai ? Ça me change un peu des strapontins de Sartrouville…

(Pendant la scène, elle se tortille sans cesse, s'agite, va voir ce qui se passe à la fenêtre...)

JEAN-MIQUEL : Mademoiselle, à l'Illustre-Théâtre, tout est d'époque. Rien n'a changé depuis le temps de Molière. La poussière est encore celle qu'a respirée Jean-Baptiste Poquelin.

CHLOÉ : Ah, y'a de la poussière ? Parce que je suis asthmatique…

JEAN-MIQUEL : Nous aérons régulièrement, n'ayez crainte. Parlons raison, voulez-vous ? Qu'est-ce que, selon vous, l'engagement, au théâtre ?

CHLOÉ : L'engagement, c'est surtout que les deux parties soient d'accord. Et justement, moi aussi, je voulais vous parler de mon engagement ici.

JEAN-MIQUEL : Mais vous concevez bien le théâtre comme une cérémonie mystique ? Vous avez bien conscience qu'ici, vous allez faire partie des initiés ?

CHLOÉ : Eh bien justement, c'est ce que je voulais vous poser comme question : y'a un comité d'entreprise des initiés, des tickets restaurant ?

JEAN-MIQUEL : Mademoiselle, à l'Illustre-Théâtre, vous serez pensionnaire.

CHLOÉ : Pensionnaire ? Ah non, je préfère être demi-pensionnaire, j'aime bien manger chez moi le soir. Je veux garder mes copines. Je veux rester simple.

JEAN-MIQUEL : Vous ne me comprenez pas bien. A l'Illustre-Théâtre, votre vie va changer. Vous le sentirez : le poids des costumes, le cérémonial…

CHLOÉ : Ah oui, ça me fait penser : les costumes, c'est possible de les emprunter de temps en temps ? Pour des soirées ? Des trucs burlesques ? Vous voyez ?

JEAN-MIQUEL : Mademoiselle, ce n'est pas le genre de la maison. Nous n'avons pas vocation à animer des soirées, fussent-elles à Sartrouville.

CHLOÉ : Non mais, je me demandais, c'est tout. Pis c'est bien, Sartrouville. C'est là que vous m'avez vue d'ailleurs. Dans *Les Bonnes au balcon*.

JEAN-MIQUEL : Oui, une interprétation remarquable. J'ai été frappé par cet air léger et ingénu qui émanait de vous et que je n'avais vu auparavant que chez Mary Marquet.

CHLOÉ : Elle a joué à Sartrouville, Mary Marquet ?

JEAN-MIQUEL : Pas exactement, mais brisons-là. Vous êtes bien consciente que *Les Bonnes au balcon*, c'est terminé ? Je vous vois jouer les jeunes premières. Agnès. Peut-être Doña Elvire, dans dix ans. *La Mouette*, un jour – mais nous en reparlerons. Ce n'est plus Sartrouville, c'est l'Illustre-Théâtre. Du patrimonial. De la belle ouvrage. De l'art à la française.

Un artisanat. De l'orfèvrerie, je dirais plutôt de l'orfèvrerie. Et vous en êtes le joyau.

CHLOÉ : Et on m'avait parlé d'une retraite, aussi ?

JEAN-MIQUEL : En effet, à l'Illustre-Théâtre, les comédiens sont au service de l'État, et l'État sait le leur rendre, une fois l'âge venu.

CHLOÉ : Donc, y'a une retraite ? Donc, je cotise pour ma retraite ? Beaucoup, ou… ?

JEAN-MIQUEL : À vrai dire, je n'en sais rien. Mais ce que je sais, c'est que l'art n'a pas à se mêler de questions d'argent. J'ignore quel est mon salaire, par exemple. Je ne veux pas le savoir. Je vis pour l'art. Enfin, l'art... Pas les *happenings* en suédois sous-titrés avec des comédiens à la manque nus dans des bassines. Mais enfin, vous me comprenez, je crois …

CHLOÉ : On se comprend.

(Chloé lui tend la main pour serrer la sienne, il transforme cette invite en baisemain)

JEAN-MIQUEL : Ah ! Muguet, jasmin... Mary Marquet portait ces mêmes effluves…

CHLOÉ : Ah ouais ? Parce que vous, vous me rappelez mon grand-père… *(Elle lui claque une bise)*

LA BOULAKRI

JIMMY, ALEX ET NOLWENN : trois jeunes acteurs d'un Conservatoire de province, à rayonnement régional, départemental ou municipal.

Les trois jeunes acteurs parlent à voix basse. La discussion est animée entre Alex et Nolwenn. Dans un coin, Jimmy, allongé par terre, est animé régulièrement de soubresauts et pousse de temps en temps des cris inarticulés.

ALEX : Salut Nol', ça va ? T'as le truc qu'on avait à lire pour aujourd'hui ?

NOLWENN : Salut Al' ! J'ai parcouru, j'ai pas appris, ça m'a gonflée.

(Jimmy fait un geste et émet un bruit)

ALEX ET NOLWENN *(ensemble)* : Salut Jimmy !

(Un cri inarticulé leur répond)

ALEX : Moi non plus, j'ai pas aimé. J'comprends pas pourquoi on nous fait lire des trucs comme ça. C'est bon quoi, on n'est plus au lycée ! Les trucs du XIXe siècle, on n'a plus à les lire ! C'est pas contemporain ! Ça n'a rien à nous dire !

NOLWENN : Mais grave... Attends, en plus, c'est plein de mots. Y'a des trucs, je comprenais même pas ! Le mec, là, qui va au bal des Quat' Z'arts! Des « Quat' Z'arts » ! Mais ça se prononce même pas comme ça !

ALEX : Ouais, et la meuf avec son Esther... Son Estée Lauder…

NOLWENN : Non, son « éther », j'ai cherché dans le dico…

ALEX : Ah ouais ? Eh ben non, moi, je cherche pas dans le dico. C'est du théâtre ! On cherche pas dans le dico ! Sinon, quoi ? Le spectateur, il a un dictionnaire ? On lui donne un dico à l'entrée ? Ou alors, on lui indique la définition en fond de scène, sur un écran vidéo, pendant la représentation ? Ah non, arrête… Ça m'énerve.

(Jimmy émet un cri, en changeant de position)

ALEX : Ouais, ouais, Jimmy, t'as raison ! Trop de mots tue le théâtre !

NOLWENN : Grave…

(Silence entre les deux)

ALEX : Et en fait, tu sais, dans l'édition qu'on devait acheter, y'a une intro... Attends, arrête, j'ai un peu lu, et tu sais ce qu'ils disaient ? C'est une « comédie »…

NOLWENN : Grave... J'y crois pas. Moi, j'ai pas ri... Ça m'a pas fait rire... J'aime pas rire... Pis j'ai pas l'habitude de rire au théâtre, ça me gêne... C'est pas ça, le théâtre... C'est pas fait pour rire !

(Jimmy émet un son inarticulé en changeant de position)

ALEX : En tout cas, moi, c'est pas mon sillon. Moi, c'est un autre sillon que je veux creuser. Du Shakespeare, du Beckett, du Ionesco, des trucs qui font pas rire, quoi.

NOLWENN : Y'en a que ça fait rire, Shakespeare.

ALEX : Putain, les cons ! Comprennent rien. Et Beckett, ça fait rire, peut-être ? Cons.

NOLWENN : Ce qui me gêne surtout moi, c'est les personnages.

ALEX : Ah ouais, y'en a trois, quatre... Je sais plus... C'est pas assez ! A moins de dix sur un plateau, c'est pas du théâtre !

NOLWENN : Ouais, grave... Non, et puis surtout, c'est des *personnages.* J'ai pas l'habitude de travailler des *personnages.* C'est quoi, des « personnages » ? La « sychologie », la

« motivation cachée », c'est tellement *old school*, quoi... C'est du vieux théâtre... Putain, le mec, il nous fait parler dans des diagonales : « Tu dis ton texte dans la diagonale ! » Alors, déjà : tu me manques pas de respect, tu me parles pas de *texte* et tu me parles pas de *diagonale* !

(Jimmy émet un cri inarticulé en changeant de position)

NOLWENN *(se tourne vers Jimmy)* : Ouais, grave...

ALEX : Tu sais ce qu'on va lui proposer, pour sa merde, son Feydeau, là ? Moi, je vais faire la fille, toi tu feras le mec, et Jimmy il fera la bonne. Parce que ça va, le côté « classique » des distrib's : homme/homme, femme/femme. *Au théâtre ce soir*, ça va !

NOLWENN : Grave... Moi, s'il me fait parler dans une diagonale, je lui dis non et je vais me plaindre au directeur. Et le directeur, il le virera, comme l'autre. Tu sais, le mec du stage, qui voulait qu'on « démembre pas l'alexandrin de Racine ».

(Jimmy émet un cri inarticulé en changeant de position)

ALEX : Ouais, t'as raison. On joue tous en ligne, fond de scène, de dos. A l'italienne, pas d'effets.

NOLWENN : Grave. Eh, Jimmy : t'es d'accord ?

(Jimmy émet un son inarticulé en changeant de position. Alex et Nolwenn s'approchent de lui)

ALEX *(à Jimmy)* : J'adore ton travail. T'es à quelle étape, là ?

NOLWENN : Attends, c'est bon, c'est jamais fini ! C'est *in progress*, c'est de l'art ! C'est pas du produit !

ALEX : Depuis le mois dernier, t'as vachement évolué sur les postures et les sons.

(Cri inarticulé de Jimmy qui change de position)

NOLWENN : Moi je trouve qu'il crie encore un peu trop. C'est pas assez épuré.

ALEX : Attends, trouver son Artaud, c'est pas facile ! Ça fait que deux ans qu'il est dessus !

(Jimmy se relève, en transe, et crie)

JIMMY : Boulakri !

ALEX: Ah, tu le tiens, mec !

NOLWENN : Grave…

JIMMY : Feydeau, ou le suicidé de la société !

NOLWENN : Grave...

ALEX : Attends... Feydeau ?

JIMMY : Pour en finir avec le jugement de Labiche !

NOLWENN : Grave …

ALEX : Attends, euh, Feydeau, Labiche... Il va pas bien ! Euh... Jimmy ? T'as pas été trop loin dans ton travail ? T'as pas trop creusé ton sillon ?

JIMMY : Courteline et son double !

ALEX : Oh putain…

NOLWENN : J'appelle la sécurité? Le directeur ?

ALEX : Ouais, vas- y, appelle…

NOLWENN : Putain, c'est triste. Le sillon. Creusé trop profond. Passé de l'autre côté.

ALEX : Ah le con, faut qu'il se repose…

JIMMY : André Roussin ! Françoise Dorin ! Maurice Hennequin ! Marc Camoletti ! Barillet et Grédy !

ALEX : Tais-toi, mais tais-toi, on va nous entendre ! *(à la cantonade)* Castellucci ! Il a dit Castelluci !

JIMMY : Steve Passeur ! Patrick Haudecoeur !

(Jimmy tombe en catalepsie et s'effondre)

NOLWENN : Grave…

ALEX : Ça y est... C'est passé…

NOLWENN : Tu sais, depuis qu'il a fait cette pièce où il était enroulé dans du cellophane pendant quatre heures, je me demande si ça l'a pas un peu privé d'oxygène…

ALEX : Grave…

NOLWENN : Grave…

Ils sortent. Sur le plateau, on entend à nouveau des cris inarticulés. La main de Jimmy se lève vers le ciel lentement, puis retombe. Noir.

L'Agente

TSILLA : la cinquantaine difficile, un brin vulgaire, un cendrier qui déborde.
WAJDECK : ex-jeune premier prometteur, mais un peu dans le creux de la vague. Petite casquette façon poulbot, chèche sable.

(Wajdek entre)

TSILLA : Wajdeck ! Ça me fait plaisir de te voir ! *(Elle lui pince la joue)* T'es toujours aussi beau. *(Ils s'embrassent)*

WAJDECK : Salut Tsilla. T'as un truc pour moi ? Parce que là, ça devient un peu chaud. Il me reste toujours un peu du cachet du Zulawsko, mais là, ça devient dur, quoi. Enfin bon, on est bien d'accord : pas de pubs, hein ?

TSILLA : Non, pas de pubs, évidemment. Enfin, j't'ai trouvé un truc, tu vas être content, c'est pile toi : un truc à nuances. Tu vas pouvoir déployer toutes les palettes de ton jeu. Un personnage un peu inquiétant mais dont on découvre les failles petit à petit. Un torturé, comme tu les aimes.

WAJDECK : Théâtre ou ciné ?

TSILLA : Télé. Mais *bonne* télé. Format clair : populaire mais pas putassier. Super suivi. Ça va t'agrandir ton public. Après, les propositions, tu sauras pas quoi en faire.

WAJDECK : C'est quel rôle ?

TSILLA : Secondaire, mais super important : un tueur en série qui sème la panique dans un quartier marseillais. Il tue tout le monde. La gérante de l'hôtel. La serveuse un peu idiote. Le chien de la serveuse un peu idiote. En fait, on découvre que c'est le fantôme d'un ancien tueur en série qui avait hanté l'hôtel avant, quand il recherchait sa mère. Enfin, je crois. Je sais plus qui il tue d'ailleurs, j'ai survolé le scénar, mais c'est super. Super bien écrit, super fin.

WAJDECK : T'as le texte ?

TSILLA : Oui, j'allais pas te faire attendre. *(Elle cherche le texte pendant toute la réplique)* Mais attention, j'ai parlé de toi à un des dix réal's. J'ai eu du mal à le convaincre, vous avez pas le même univers, mais il trouve la proposition intéressante. Après, moi, ce que je te dis... C'est que j'ai pas grand chose pour toi... Tu le sais bien, plus personne veut produire Zulawsko et toi, t'es un peu identifié à lui. Vois-le comme une chance. Puis, dans ce métier, faut être souple... Tiens !

(Wajdek prend le scénario)

WAJDECK : « Épisode 4644 ». C'est le titre ?

TSILLA : Mais non, c'est le numéro de l'épisode, t'es con ou quoi ? Oh, j'te vois venir, toi, avec tes grands airs du monsieur qui a fait le Conservatoire ! N'oublie pas que Clooney, il a commencé dans *Urgences*…

WAJDECK : Ouais, et maintenant, il est dans le café, et ça m'intéresse pas.

TSILLA : En attendant, t'es serveur... T'y es déjà un peu... Allez, prends le scénar', fais pas chier.

WAJDECK *(il lit) :* « Pan ! Pan ! J't'ai eu, salaud ! » « Pan ! Pan ! Tu perds rien pour attendre, salope ! » « Pan ! Pan ! T'as eu ce que tu méritais, connard ! » C'est sûr, c'est plein de nuances.

TSILLA : Y'a ce qui est écrit et y'a ce que tu en fais. C'est là qu'on voit les grands.

WAJDECK : Et il meurt à la fin ?

TSILLA : Ah ouais, ça va être super. Il est acculé sur la plage du Prado et canardé par une meute de gendarmes. Y'a un truc à faire, genre : « Je me meurs ! », ou « « Ah, je me repens ! ». Comme tu le sens. On n'en a pas parlé avec le réal', mais j'suis sûre qu'il est open. *(Temps, regardant son agenda)* Oh ! Dis ! Excuse-moi, mais j'ai Isabelle qu'arrive, là. Tu me donnes vite ta réponse, coco ? Parce que la boîte de prod', elle a d'autres gens sous le coude. Et pis j'te cache pas que Stan, il est intéressé lui aussi. Sa grand-mère, elle regarde le feuilleton, elle adore. C'est pour ça qu'il veut le faire. T'imagines la position dans laquelle ça me met ? Moi, les sentiments... Tu me connais, j'suis sentimentale... « 10 %, mais sentimentale », c'est mon nom dans l'métier... Tu réfléchis, hein ? Allez, plus belle la vie ! … *(Elle lui pince la joue)*

ET VOGUE LA ROULOTTE

RALPH : directeur d'un théâtre de province, brigadier en main. Mise un peu négligée.
GÉRARD : vieil acteur à chemise et foulard façon Roger-Pierre.

Tous deux font face à un rideau de scène imaginaire, face au public.

GÉRARD : Ils sont bons, ce soir ?

RALPH : Ça fait un certain temps qu'ils sont plus très bons. Ils sont venus en car. Ils sont assez fatigués. Ils ont mangé leur compote.

GÉRARD : Mais ils viennent d'où ? Parce qu'on m'a pas trop prévenu. Vous savez, c'est Tsilla, mon agente, qui m'a filé le tuyau, mais j'en sais pas plus…

RALPH : Ah bon, vous saviez pas ? En tout cas, on vous remercie d'être venu, un acteur de votre envergure, pour un tel public, vraiment, on vous remercie d'être venu, ils vont être très contents, ceux qui peuvent encore comprendre...

GÉRARD : J'aime mettre mon art à la portée de tous et ce monologue du vieil acteur dans *La Vie d'artiste* de Maurice Becque, c'est un texte d'une telle beauté.

RALPH : Je vous l'ai entendu dire au dancing de Dieppe, en novembre dernier. C'était renversant de beauté.

GÉRARD : Ah, Dieppe... Un beau souvenir. Un bon public. Ah, ces Dieppois ! *(Un temps)* J'ai été assez surpris : y'a pas de chauffage, dans la loge ? Enfin, la loge... Derrière le rideau, là... Parce qu'à Dieppe, c'était mieux…

RALPH : Tsilla vous a vraiment pas prévenu ? Côté finances, on est ric rac. Vous savez, la crise, la culture. On s'est dit que, le chauffage... Après tout, on est en janvier, on approche du printemps... Et puis faut pas trop chauffer, c'est mauvais pour la voix.

GÉRARD : La crise de la culture... Ne m'en parlez pas ! Moi, je vais beaucoup dans les écoles pour apprendre aux jeunes l'art dramatique, et c'est de plus en plus difficile. Et à propos de mon cachet ?

RALPH : Tsilla vous a vraiment pas prévenu ?

GÉRARD : Oui, enfin non... Vous savez, on court tous le cachet…

RALPH : Ah ! La course au cachet…

GÉRARD : J'allais vous le dire, et on m'a caché le cachet !

RALPH : Y'a rien de caché dans le cachet. Tout est couché. Sur le papier. Le cachet. L'heure du coucher. A vingt-deux heures, ils sont au lit. Avec leur cachet.

GÉRARD : Coucher... ? Cachet... ? Je couche plus pour un cachet !

RALPH : Ah bon ? Vous couchâtes ?

GÉRARD : Oui. A Ouistreham. En 62. Ne le dites pas.

RALPH : Ah, la côte normande... Les petites cabines de plage blanches et bleues... Françoise Sagan en marinière... Un homme et une femme... Chabadabada... Claudine... Elle vendait des glaces... Sur la plage... J'étais en colo... On s'est jamais parlé... Elle est morte, si ça se trouve... Bon, bref : y'a pas de cachet. Là, Tsilla, elle aurait dû vous le dire.

GÉRARD : *(il sort son portable)* Faut qu'j'l'appelle. Parce que j'ai renoncé à un doublage, pour votre pièce !

RALPH : Y'a pas de réseau.

GÉRARD : Comment ça y'a pas de réseau ?

RALPH : On limite les ondes, vu nos spectateurs.

GÉRARD : Mais qu'est-ce qu'ils ont exactement ?

RALPH : Ce sont des vieux. Des vieux acteurs. Des vieilles actrices. Des vieilles gloires. De vieux directeurs de conservatoire. De Dieppe ou de Ouistreham. Ou d'ailleurs.

GÉRARD : Je ne suis pas sûr de comprendre.

RALPH : C'est une représentation à bénéfice pour notre association.

GÉRARD : A bénéfice de qui ?

RALPH : De notre association : « Et vogue la roulotte » ! Association de soutien aux vieux artistes désargentés. Le chariot un peu branlant de Thespis ! Melpomène éclopée ! Enfin, vous voyez, quoi ! La bohème Alzheimer... Les intermittences de la mémoire... On va tous vers ça !

GÉRARD : Ah non, pas moi ! C'est pas une fatalité ! J'ai mes heures. J'aurai ma retraite. Je m'entretiens. J'ai fait une thalasso, à Quiberon. J'ai raqué ! Enfin, la caisse des intermittents a raqué ! Ah non !

RALPH : Mais, vous savez, Dieppe, Ouistreham, ça peut s'arrêter du jour au lendemain. La roue tourne. Des plus jeunes. Des plus beaux. Des plus belles voix. De meilleurs agents…

GÉRARD : Ah ben, Tsilla, elle va entendre parler de moi !

(Ralph frappe les trois coups avec le brigadier)

RALPH : Faut y aller maintenant !

(Gérard entrouvre le rideau imaginaire, regarde les spectateurs)

GÉRARD : Oh la vache ! J'voyais pas ça comme ça… Ouf... ! C'est dur...

RALPH : C'est la vie. La vie d'artiste.

Ufa

Ufa : actrice allemande, vieille gloire passée, avec un accent germanique très prononcé.

UFA: Bonjour. C'est par ici. En haut de l'escalier, jeune homme... Suivez-ma voix ! Voilà... Bonjour. Vous avez trouvé facilement ? Ufa ! Et vous, c'est… Jacques ? Non ? Jules ? Jacques, c'est le jeune homme que j'ai vu avant, avec la pièce sur Zarah Leander. Vous, c'est la pièce sur Sissi ? Sissi... Mais la Sissi de la fin de la vie, plutôt Visconti ? Ah ! Des calissons ! Merci... J'adore... Voilà... Vous voulez un café, thé, chocolat ? Moi, je bois beaucoup de chocolat en ce moment. Volker m'en envoie de Suisse, par tonneaux. Roman aussi, mais je préfère celui de Volker. Bon. Sissi, donc. J'ai lu votre pièce. C'est gentil de me l'avoir envoyée – je comprends, l'accent allemand, que j'ai perdu... Le personnage est un peu pathétique. Elle est bien votre pièce. Mais pas drôle. Voyez, j'aurais plutôt imaginé un dialogue burlesque entre Sissi et son assassin sur les rives du lac. Quelque chose d'un peu *piquant. Komisch* ! Parce que là, votre pièce, elle est très sérieuse, très lourde, les implications philosophiques, politiques, la guerre qui arrive, pfouuu… C'est plombant. Je sais, j'ai une réputation d'actrice sérieuse, intellectuelle, c'est mon travail avec Werner, mais, je rêve d'autre chose, maintenant. Je veux du léger. Du frivole. Je veux faire rire. Ufa sait faire rire. Je fais rire mes amis, je suis une rigolote. La reine des soirées ! Je fais des « monsieur madame », des calembours... Alors, Sissi... C'est trop morbide. Quand elle fait trois pas en se tenant la poitrine avec le poignard planté dedans, qu'elle tombe sur le genou – c'est marqué très précis dans votre pièce – qu'elle tend la main vers le lac et qu'elle voit le cygne et qu'on sent que son âme passe au cygne... C'est plombant ! C'est beau, c'est poétique, mais c'est plombant ! Je veux autre chose. J'ai besoin d'autre chose. Je relis des classiques en ce moment, mais des classiques de la comédie. Je crois que j'ai trouvé quelque chose pour moi. Un contre-emploi qui va beaucoup faire parler dans les salons parisiens. Je connais déjà des répliques : « *Che fais mette ine chipe !* » « *Ah ! C'est écal ! C'est pas gôrrect !* » Ah ! Le personnage d'Annette dans : *Feu la mère de madame,* c'est une nouvelle carrière... C'est ça que je veux ! Et je pense d'ailleurs que le personnage d'Annette devrait être plus développé, il n'est qu'esquissé dans la pièce. Je verrais bien une pièce centrée sur elle : *Feu la mère de la bonne.* Ça se passerait entre 1870 et 1918, sur trois générations. C'est pour ça que je vous ai appelé : Annette-Sissi / Sissi-Annette. Sissi en Feydeau, vous comprenez ? Un personnage drôle, qui incarne toute la dualité de l'Alsace tourmentée. Un petit peu Bécassine à Strasbourg, vous voyez ? Du Visconti-choucroute ! Du Hansi vénitien ! Vous pourriez écrire ça, pour moi ? Je vois déjà la publicité : « Ufa rit ! » *(Elle rit)* Voilà. Et peut-être un film. Avec Jean Dujardin. Vous avez son téléphone ? J'ai perdu mon... carnet. Et sinon, vous avez un tourneur, un distributeur, un producteur, un programmateur, une attachée de presse ? Un agent ? Un budget ? *Nein* ? *Ach*... Eh bien, moi non plus !

L'HABILLEUSE

SIMONE : âge indéterminé, robe informe, bigoudis.

Elle se tient devant un miroir de loge allumé. Un homme entre pour apporter un nouveau bouquet.

L'HABILLEUSE : Oh! Encore des fleurs... J'en avais eu, moi, quand j'avais joué *La Mouette,* avec Alain. Je changeais l'eau tous les jours, je recoupais les tiges, pour qu'elles durent plus longtemps. Pour qu'on ait l'impression qu'il y en ait plus dans la loge, j'allais aussi piquer les bouquets des autres. J'm'en suis même acheté pour moi, avec mes premiers cachets. Mais c'est vrai ce que disait l'autre : les fleurs, c'est périssable. Surtout quand on n'en a plus. Tenez, Alain, il m'a envoyé des marrons glacés. Et un petit mot : « Souvenir de *La Mouette* ». *La Mouette,* vous savez ce que c'est ? J'parle pas de *La Mouette*-le goémon, j'parle de *La Mouette*-moujik. Tchékhov ! Bon, laissez tomber. Non, mais j'suis contente pour vous... J'suis pas envieuse... Chacun sa chance... J'ai eu la mienne. Ça passe vite... Faut en profiter... Surtout pour nous, les femmes. Alain, il a jamais eu de problèmes : jeune premier ; vieux beau ; vieux jeune premier ; beau vieux. Mais nous ? *Nada* ! Casque d'or un jour, veuve Couderc toujours ! Ah, évidemment, y'a des chefs op' plus gentils que d'autres... Y'a la rampe rose... Vous savez pas ce que c'est, la rampe rose ? Les biscuits roses, la rampe rose, les ballets roses, savez pas ce que c'est ? Vous c'est « Pink Paradise » ! Bon bref. Non mais j'suis pas envieuse... Peut-être j'ai fait des mauvais choix... Mais ça, on le sait qu'après... J'aurais pas dû faire le Genet aux abattoirs de la Villette. Pourtant, c'était novateur. A poil... Dans la boue... Jouer avec son utérus. La presse alternative avait adoré. Après, d'ailleurs, j'ai fait que de l'alternatif... Souvent en alternance... Mais je me suis amusée... C'était dur, j'ai pas mangé tout le temps, mais je me suis amusée... Et puis l'art, c'est l'art ! On transige pas... Alain, il a transigé. Moi, la télé, la pub, j'ai toujours dit non. On m'a pas demandé non plus, mais j'aurais dit non. Elle *(elle s'adresse à l'actrice imaginaire, dans le miroir de la loge)*, elle avait déjà son contrat cosmétique avant d'avoir signé au théâtre. *La Mouette* d'un côté, « Majimèches-douceur miel » de l'autre ! J'suis pas envieuse. C'est vrai, j'aurais pu arrêter, mais j'aime cette odeur. L'odeur de la poudre, de la poussière dans les rideaux, le craquement du parquet des loges sous les pieds des nouvelles, le bruissement de la salle qui s'installe. J'suis habilleuse maintenant. Habilleuse pour mannequins-théâtre. Elle arrive, elle me claque une bise, en plus, j'crois qu'elle m'aime bien. Elle sait pas comment je m'appelle, mais elle m'aime bien. Elle connaît le prénom de personne, d'ailleurs, elle a pas le temps. Elle connaît pas son texte non plus, alors, j'lui souffle. Les prénoms, le texte. Et elle me claque une bise. Et elle est contente. Elle est pas méchante, finalement. Et puis, elle est jolie, c'est vrai. Elle me rappelle moi, y'a quarante ans.

GOLDONI AU BLED

Pour Antoine L, et les autres…

JEAN GOLDONI : acteur de Paris
PASCAL ET JOCELYNE : amateurs éclairés de province.

(Jean Goldoni arrive, avec le même foulard que pour « Et vogue la roulotte », très pressé, très énervé. Jocelyne et Pascal l'attendaient sur le plateau depuis un certain temps)

JEAN GOLDONI : Bonjour *(il serre la main à Pascal et Jocelyne)...* Jean Goldoni, enfin, ai-je besoin de me présenter ? Vous m'attendiez ? Excusez-moi, le TGV était en retard, du coup, j'ai loupé la correspondance et j'ai dû prendre un taxi à Châlons. Me voilà, deux heures de retard, vous m'avez attendu au chaud, je vois. J'vous préviens, moi, je peux pas rester deux heures de plus, j'ai des engagements à Paris pour la soirée. Je répète un grand truc, là. *Canasson Passion.* Un son et lumière, un vrai poème symphonique pour nos amis à quatre pattes. Un hommage équin et coquin à nos belles haridelles. Des centaines de techniciens sur le coup. Et « un orchestre sans technicien, c'est le tissu sans le fil et les aiguilles ou la musique sans la plume et l'encrier ». Mais bref, je lyricise et m'égare. Et donc, vu les problèmes de transport par chez vous, j'préfère repartir plus tôt, on ne sait jamais hein. Le canasson n'attend pas ! Caténaire tombée, vaches sur la voie, rails gelés... On les connaît, leurs excuses ! Savent plus quoi inventer ! Bref ! Bon alors, évidemment, on va pas avoir les six heures de stage prévues. Moi je vous propose deux heures intensives à la place. Après, vous voyez avec le comptable de l'association pour avoir une compensation, je sais pas, un ticket buvette, une place au match de derby régional, vous verrez... J'vous filerais bien une place pour le spectacle de canassons, mais ça fait loin pour vous... Bon allez, au boulot ! *(Un temps)* Alors, j'avais préparé des trucs... Voilà... J'ai dû les oublier dans le taxi... Oh la tôle ! J'suis embêté là... Écoutez, on peut peut-être remettre ça à plus tard ? Le problème, c'est que je suis très pris... *(Jocelyne lui montre un texte)* Ah ! Vous avez les textes dont je vous avais parlé ? *(Pascal sort une liasse de textes)* Ah ? Vous les avez tous achetés ? Et vous avez trouvé ça à la librairie du coin ? Ah, vous les aviez ? Bah... très bien ! *(Jocelyne lui tend un texte pour travailler)* Ah, eh ben, au boulot ! *L'Amour médecin* ? *(Il re-parcourt le texte)* Ça fait longtemps que je ne l'ai pas travaillé…

JOCELYNE : Moi, j'ai un peu potassé Lucinde, ça faisait longtemps que j'avais envie de le travailler. C'est toujours Lisette qu'on me fait jouer.

PASCAL : Sganarelle me pose problème. J'ai toujours peur d'être trop dans la farce. Pour moi, il y a une vraie tendresse chez lui et je n'arrive pas à la fois à faire passer le comique et cette tendresse.

JOCELYNE : Lors du dernier stage, on avait déjà un peu travaillé ça. Le plus dur, c'était les médecins. C'est vraiment une question de rythme et de déplacements.

JEAN GOLDONI : Ouh là ! Moi je dis : « On n'intellectualise pas trop, hein ! » On apprend son texte, on entre au bon moment, on marche pas sur les pieds de ses collègues, on fait rigoler un peu ; la tata, elle rigole, elle vous a vu, et, c'est bon, hein ! Hé ! C'est un club d'amateurs, c'est pas la Comédie Française ! C'est pas méprisant ce que je dis ! Ce que je veux dire, c'est que c'est pas votre métier ! Votre vie, c'est l'usine, c'est le magasin, c'est pas le théâtre ! Moi, ma vie, c'est le théâtre, c'est mon métier, c'est ma seule source de revenus ! Avec l'animation des stages pour les amateurs ! J'aime bien les amateurs, mais on va pas tout confondre ! Moi, j'vais pas couler des boulons dans votre usine ! J'passe pas des paquets de pâtes à la douchette dans votre magasin ! *(Un temps)* Bon, allez, au boulot ! On cause, on cause, et pendant ce temps là, le théâtre... C'est du travail, vous savez ? Alors, *L'Amour médecin*... Et qui fait le vieux, là, Géronte ?

PASCAL : C'est pas Géronte, c'est Sganarelle.

JEAN GOLDONI : Non ! Sganarelle, c'est le valet ! Géronte, c'est le vieux ! C'est comme ça dans tout Molière !

JOCELYNE : Justement, comme c'est une des premières comédies-ballets, y'a pas Géronte. C'est Sganarelle, le vieux, dans cette pièce !

JEAN GOLDONI *(ricane)* : Ouais... OK... Et Lisette, t'es sûre que c'est Lisette ? Parce que Lisette, c'est plutôt chez Marivaux... Ça serait plutôt Charlotte, on va l'appeler Charlotte, hein ? Je te laisse Sganarelle et tu me laisses Charlotte, *deal* ? C'est pénible les amateurs, quand ils veulent se prendre pour des pros... Bon, la fin, vous avez dû travailler la fin, puisque vous avez tout fait, on va aller à l'essentiel, on va aller à la fin. Directement ! Quand il crève, dans le fauteuil.

PASCAL : Ah, vous confondez peut-être avec *Le Malade imaginaire*... Parce que là, c'est *L'Amour médecin* ! Mais on peut lire les pièces en parallèle... Ça fait presque un diptyque... Ça serait intéressant de les monter toutes les deux…

JEAN GOLDONI : Ouh là, on va se calmer, hein ? Parce qu'à la salle des fêtes du bled, c'est peut-être un peu ambitieux, non ? Écoutez, franchement, j'aime pas trop votre attitude... Moi, je fais des centaines de kilomètres pour venir vous expliquer un peu Molière et puis vous me prenez de haut ? J'ai du métier, ça fait trente ans que je travaille ces textes ! Tous les jours ! Et pas seulement le vendredi de vingt et une heures à vingt-deux heures avec Gérard, qui tient la buvette ! On n'est pas dans la même division ! Après, si vous en savez plus que moi sur le texte, vous avez pas besoin de moi ! Et ça tombe bien, moi, j'ai un train ! Alors, ce que je vous propose, c'est que vous bossiez tous les deux tous seuls, et moi, je prends mon train ! Et puis, quand vous montez votre diptyque à la salle des fêtes, et ben, vous me faites signe !

Jean Goldoni sort, furieux. Jocelyne et Pascal restent un peu perplexes, puis prennent un texte et commencent à jouer, avec un plaisir de plus en plus évident.

WAJDECK : toujours le même, et toujours une écharpe de théâtreux passée autour du cou.

WAJDECK : *Suréna.* Je ferai *Suréna* ! Point. Je ne transige pas. Je ne vais quand même pas leur faire jouer *Les Plaideurs* ! *Les Plaideurs*, c'est du comique gras ! C'est pas fin ! C'est *La Soupe aux choux* en attendant *Britannicus* ! Faut arrêter... *Suréna* ! *Suréna*, c'est bien. C'est fort. C'est fin. J'suis sûr que ça parle aux « bac-pro plomberie ». Plus que *Les Plaideurs* ! Faut pas niveler par le bas ! J'y crois pas, à ça... J'ai eu leur prof de français, complètement dépassée, la pauvre... Elle me dit : « Soyez pas trop ambitieux, vous savez, ils lisent pas. » Non mais, ils lisent pas ? Ils lisent pas ? Ils lisent pas parce qu'on les fait pas lire ! *Suréna*, quoi ! *Suréna*, c'est du rap ! *Rodogune*, c'est du hip-hop ! Et *Nicomède*, du trip-hop ! Non, faut pas niveler. Vilar, il faisait pas du Labiche ! Voyez Gérard Philipe et Jeanne Moreau courir après un chapeau de paille d'Italie à moitié bouffé par un âne ? Comme disait mon maître, Constantin Malakoff : « La distanciation, tout est là ! » *Distanzierung*, pas *Nivelung* ! Moi, j'ai des principes : alors, pour les « bac-pro plomberie », ce sera *Suréna.* On va pas faire des ateliers théâtre au rabais ? Moi, j'ai fait le Conservatoire. C'est les grands textes qui m'ont nourri. Quand j'avais quatre ans, *Suréna*, ça a été un éblouissement. C'est ça que je veux transmettre. Alors, on me dira : « C'est pas à la mode ! » Mais je suis pas à la mode ! *Suréna*, c'est pas à la mode, c'est ça qui est bien. Un texte un peu difficile... C'est exigeant... Il faut être exigeant ! C'est pas parce qu'ils veulent être plombiers que ça les empêche d'apprendre par cœur une fois dans leur vie *Suréna* ! Antoine, il travaillait bien à la compagnie du gaz ! Antoine, l'inventeur de la mise en scène, selon mon maître, Robert Meyerbeer ! *Suréna*, c'est la pièce spectrale et les spectres, c'est le théâtre ! Au théâtre, les morts reviennent saluer, c'est ça qu'il faut qu'ils apprennent, les plombiers ! C'est pas la Star Ac' ! Les éliminés de la semaine dernière, au théâtre, ils sont toujours là ! *Suréna*, ça va changer leur vie... P't'êt'e qu'ils voudront plus faire plombiers, mais tragédiens ! Et alors moi, là, ma mission aura été accomplie ! Le monde n'a pas besoin de plombiers, il a besoin de tragédiens ! D'ailleurs, j'ai des ambitions : là, on fait *Suréna*, on enchaîne avec *Bajazet* en costumes et, au troisième trimestre, *Penthésilée* dans le texte ! Si les plombiers ne vont pas à Kleist, Kleist ira aux plombiers ! *Distanzierung*, pas *Nivelung* ! Shakespeare pour tous ! Tous pour Shakespeare ! Mort au vaudeville ! Sus au comique ! Des didascalies ! De la catharsis ! Du théâtre balinais ! Mort à la facilité ! Plombiers ! Plombiers, avec moi !

LA BASSINE

GAËL : jeune comédien qui sort du Cons'.

(Gaël entre, une bassine à la main)

GAËL : Alors, j'me mets où ? Dans la bassine ? Dans la bassine ! Les pieds ? Ou je m'assois dedans ? Ah, je m'assois dedans... OK d'accord ! Comment ça, dans l'autre sens ? Je tourne le dos au public ? Oui ? OK d'accord ! Mais je me retourne quand ? Ah, je me retourne pas ? Alors, je dis ma réplique de dos ? Mais attends : à quel moment je rentre en scène ? Parce que je suis un peu perdu, là... Parce que tu vois, dans le texte, *(il sort ses notes)* c'est à l'acte 5 scène 12 que Côme parle. Mais là, on est acte 1 scène 1. Donc, je suis dans la bassine dès le début ? C'est un peu bizarre, hein ? Non, parce que je veux dire : moi, je reste dans la bassine, donc, de dos, et les autres, ils jouent ? OK d'accord ! Mais ils me voient ou pas ? Et moi, je les vois ou pas ? Pis, qu'est-ce que je fais dans la bassine ? Je me lave, je me frotte ? Parce qu'y a cinq actes à passer, dans la bassine ! Et j'ai une petite chemise, ou j'suis à poil ? Ah, à poil... Non, mais c'est pour savoir ! Mais, le rapport entre *Lorenzaccio* et la bassine ? Bon, mais c'est pour comprendre, parce que j'aime bien comprendre, moi... J'peux pas bien jouer si je comprends pas... Non mais crie pas ! Je te critique pas... C'est bien, le coup de la bassine, mais explique-moi simplement quoi ! Oui, je sais, je peux pas comprendre et pis c'est mieux si je comprends pas... Et pis moi c'est Côme et pas Lorenzaccio... Mais non, j'ai pas dit que je voulais jouer Lorenzaccio, je demande simplement pour la bassine ! Mais te fâche pas ! Tu peux me rappeler c'est qui Côme ? Du coup, j'ai un doute. Avec la bassine, là... Côme, c'est bien le successeur d'Alexandre de Médicis ? OK d'accord ! Mais non, je veux pas te piquer ta place ! Tu joues Lorenzaccio, pas Alexandre ! Mais pourquoi tu le prends comme ça ? J'aime bien la bassine, c'est pas ça. Mais enfin, y'a pas de quoi... Ah, j'suis viré ? Pour une bassine ? Non mais, je rêve... OK... OK d'accord… Bon bah, puisque c'est ça, j'la reprends, ma bassine !

L'Acteur qui voulait ressembler à Philippe Noiret

MATHIAS : jeune acteur d'un cours privé parisien.
CHRISTOPHE : jeune critique bénévole et participatif.

Dans les toilettes d'un théâtre parisien.

MATHIAS : Excusez-moi...Vous ne seriez pas Christophe, du « Brigadier magique », le site Internet de critique théâtrale, participatif et bénévole ?

CHRISTOPHE : Oui, il m'arrive d'y écrire, oui…

MATHIAS : Votre visage ressemble bien à la petite vignette qu'on voit sur le site. Christophe Garcin, hein, c'est ça ? Je me suis permis de vous *googler* un peu...

CHRISTOPHE : Très bien, très bien…

MATHIAS : Je ne sais pas si vous me remettez, mais la dernière fois que vous m'avez vu, j'étais en costume, et maquillé…

CHRISTOPHE : Ah ?…

MATHIAS : Oui, oui, un Goldoni, à Sartrouville, vous aviez fait une recension, je crois... Elle est parue le 30 novembre, à 17 h 34... Pas en « une », en petit, à gauche. Fallait la trouver. Mais c'est ma mère qui me l'a envoyée...

CHRISTOPHE : Ah oui, oui, oui... Vous savez, je vois beaucoup de spectacles en fait... Un Goldoni, à Sartrouville... Celui façon *Gatsby,* comédie musicale, ou celui en théâtre nô?

MATHIAS : Ah non non non non ! C'était *commedia dell' arte* : masques, bergamasques, motte, bergamote, tout ça quoi...

CHRISTOPHE : Ah ! Où les personnages étaient ensevelis dans un tas de sable qui les recouvrait au fur et à mesure ?

MATHIAS : Voilà, avec les parapluies à l'envers, façon Magritte ! Et la projection vidéo de *Shoah* sur écran, en fond !

CHRISTOPHE : Maintenant, je vois !

MATHIAS : Ce qu'il y avait de drôle dans votre critique *(il s'interrompt)* Visiblement, on vous a pas convaincu, donc, on fera mieux la prochaine fois. Vous savez, vous avez aussi parlé de l'acteur qui ressemblait à Philippe Noiret, qui chantait bien…

CHRISTOPHE : Ah oui, Samuel…

MATHIAS : Oui, oui, voilà, Samuel... Alors en fait, justement, ça m'a surpris, parce que Samuel il chante bien, je dis pas, mais moi, j'ai fait du chant lyrique, dix ans, je suis baryton-martin, c'est dans ma fiche, chez mon agent. Donc, je me demande s'il n'y a pas une erreur. A mon avis, vous avez cru que c'était Samuel, mais, en fait : c'est moi. Alors, Philippe Noiret, la comparaison, merci : elle me va droit au cœur…

CHRISTOPHE : Oui, oui *(il cite de mémoire)* : *« Samuel, ce jeune Philippe Noiret à la voix profonde, que l'on attend de revoir...»*

MATHIAS : *«... très prochainement, sur une scène plus centrale. »* Voilà *(Il s'énerve)*. Mais c'était pas Samuel, c'était moi...

CHRISTOPHE : Ah ? Écoutez, il y avait peut-être une erreur de photo sur le dossier de presse, ça arrive, vous savez, mais, en même temps, j'avais l'impression que…

MATHIAS : Non : écoutez, Samuel il est gentil, mais il chante faux. Tous les autres, dans la pièce, ils chantent faux. Y a que moi qui chante juste. Dix ans de chant lyrique… Baryton-martin ! Donc, si vous avez entendu quelqu'un chanter juste, c'est moi. Et comme la personne qui chantait juste ressemblait à Philippe Noiret et que c'est moi qui chante juste, donc, c'est moi qui ressemble à Philippe Noiret.

CHRISTOPHE : Oui, mais, en même temps, vous ne ressemblez pas à Philippe Noiret…

MATHIAS : Non, mais je chante juste, donc : c'est moi ! Pas Samuel ! Samuel, il chante fort, mais pas juste ! Ça peut faire illusion…

CHRISTOPHE : Mais vous, vous faisiez bien l'amoureux ? Pas le vieux barbon ? Parce que Philippe Noiret, c'était le vieux barbon !

MATHIAS : Mais qui chantait juste ? Qui ? Vieux barbon, amoureux, on s'en fout ! Qui chantait juste ? Moi ! Moi, on me met dans les amoureux, parce que j'ai un physique ! Pas dans les vieux barbons ! C'est pour l'autre, qui a pas de physique ! Pas de voix non plus ! Alors, vous voyez, y'a un petit problème dans votre critique. Je ne vous en veux pas. Vous avez regardé le dossier de presse vite fait dans le RER, mais il faudrait rectifier. Très vite. Ou alors me donner un droit de réponse. Je vous rappelle mon nom : Mathias. *Alias* Philippe Noiret. Dix ans de chant lyrique. Baryton-martin. Chez Tsilla. Rue des Bleuets. Voilà ma carte. Je surveille le site. On dit : deux jours. Si, dans deux jours, rien n'est paru, je saurai où vous trouver. Je sais ce que vous couvrez. J'ai votre adresse. Votre mère habite à Rambouillet, allée des Pins. Vous êtes aussi proche d'une dénommée Gwen, attachée de presse. Vous avez une carte Gaumont. Vous allez aux séances de 22 heures, à Montparnasse. A 9 heures, le dimanche, deux longueurs de piscine. Vous laissez vos affaires casier n° 13. Avec votre portable, vos codes d'accès au « Brigadier magique » : « cgarcin ». Mot de passe : « sarahbernhardt ». Si vous ne le faites pas vous-même, je le ferai. *(Il le saisit au col)* Est-ce qu'on s'est bien compris ? *(Il le relâche)* Bon spectacle...

(Mathias sort)

CHRISTOPHE *(se réajustant)* : Mais il ressemble pas à Philippe Noiret…

LA MUSE DU DÉPARTEMENT

AXEL ET JIMMY : jeunes comédiens.
LA TENANCIÈRE : femme revêche et peu accorte, directrice de la salle.

Dans un hall quelconque, deux spectateurs arrivent, un peu essoufflés, et se posent devant la tenancière des lieux.

ALEX : Bonjour... C'est bien ici, la représentation des *365 derniers jours d'Helen Keller* ?

LA MUSE DU DÉPARTEMENT : Oui.

ALEX : Ah. Parce qu'on a eu un peu de mal à trouver. Parce que c'était pas dans le catalogue des spectacles. Et votre salle n'est pas répertoriée.

LA MUSE DU DÉPARTEMENT : C'est un choix. Éthique.

ALEX : Ah. En attendant, on a tourné, on a un peu galéré, mais enfin, on est là. On va vous prendre deux places. C'est combien ? On est étudiants … En art dramatique.

LA MUSE DU DÉPARTEMENT : Il n'y a pas de prix pour les places. C'est gratuit. En revanche, vous mettez ce que vous voulez dans la petite boîte.

ALEX : Ah... Ce qu'on veut ? D'accord. T'as de la monnaie, toi ?

JIMMY : Euh non, j'ai pas.

ALEX : Ben, on va prendre un verre au foyer, puis on vous rapporte la monnaie…

LA MUSE DU DÉPARTEMENT : Y'a pas de foyer. Éthique. Pas de nourriture et de boisson, ici. Mastiquer, ça empêche de penser.

ALEX : Ah. Bah, ça va surtout nous empêcher de mettre quelque chose dans la petite boîte. C'est par où ? Ça commence quand ?

LA MUSE DU DÉPARTEMENT : Ce sera derrière le rideau noir. Quand je vous ferai signe. Ne touchez pas aux pendrillons !

ALEX : Ah. Pardon. Euh. On peut s'asseoir, en attendant ?

LA MUSE DU DÉPARTEMENT : Sur le banc de bois, là-bas. Doucement. Cassez rien.

(Ils se casent à grand peine sur un banc de bois très inconfortable)

ALEX : C'est la première, ce soir ? C'est la création ?

LA MUSE DU DÉPARTEMENT : Non. C'est toujours en travail. Jamais un produit fini. C'est *in progress*. Une gésine.

ALEX : Ah oui, la quête !

JIMMY : … de la petite monnaie ! *(Il pouffe bêtement)*

ALEX : Et vous avez des programmateurs qui viennent ? Enfin, ceux qui trouvent ?

LA MUSE DU DÉPARTEMENT : Pas de programmateurs. Pas de publicité. Pas d'affiches.

ALEX : Ah. Parce que nous, on vous a connu par Paul. Qui joue dans : L*es derniers jours*... C'est pour ça qu'on est venus. Pour le voir. Il va mieux ?

LA MUSE DU DÉPARTEMENT : Il va bien.

ALEX : Non, parce qu'il avait vraiment pris froid pour la répet' que vous aviez faite, dans la ferme du Perche, en novembre. Il nous a raconté : quelle expérience ! Randonnée, le matin, à six heures. Retour à huit heures. Thé léger. Travail sur le corps. Midi, soupe de lentilles. Travail sur le vide de l'esprit. Seize heures, une tartine beurrée. Le mot. Travail sur le mot. L'articulation, la voyelle. Ensuite, la syllabe. Ah, il était impressionné ! Fatigué, mais impressionné... *(Un temps)* Et *Les 365 derniers jours d'Helen Keller,* ça raconte quoi, alors ?

JIMMY : La dernière année d'Helen Keller ? *(Il pouffe)*

LA MUSE DU DÉPARTEMENT : Oui. C'est subtil. Tout le monde ne peut pas comprendre.

ALEX : Ah, super. Vous êtes partie de quelle biographie ?

LA MUSE DU DÉPARTEMENT : Aucune. Atelier d'écriture. Avec des aveugles. On leur a montré des photos et ils ont écrit. Et on a pris leurs textes.

ALEX : Ah c'est beau, ça, les ateliers d'écriture avec les publics empêchés. C'est bien. Ils ont écrit le texte, alors ? Mais je vois pas leurs noms dans le programme ? Je vois que le vôtre.

LA MUSE DU DÉPARTEMENT : Pourquoi mettre leur nom ? Ils ne le voient pas. Ils sont aveugles.

ALEX : Oui, c'est sûr. Ils vont venir ? Ah ben non, ils verraient rien, je suis bête. Pis faudrait qu'ils trouvent, déjà. Bref, vous avez assemblé leurs textes, quoi. Comment vous avez fait, euh, le montage ?

LA MUSE DU DÉPARTEMENT : On a carroté.

ALEX : Carroté ?

JIMMY : Elle a carroté les aveugles. Enfin les textes des aveugles. Enfin, barboté. C'est *La Carotte et le Barbot d'Helen Keller*, quoi (*il pouffe*)

ALEX : Mais tais-toi, respecte le travail de Madame. Et quelle est l'esthétique ? Vassiliev ?

JIMMY : Ou Vassiliu ? *(il pouffe)*

LA MUSE DU DÉPARTEMENT : C'est un travail sur le corps.

ALEX : C'est sûr que le corps d'une sourde, muette et aveugle, c'est du travail.

JIMMY : Surtout pour Paul. Qui ressemble pas à Helen Keller. Avec sa formation d'escrimeur…

LA MUSE DU DÉPARTEMENT : Le travail. Lutter contre ses facilités. Fente ! Fente ! Belmondo... *Fanfan*... ? Non ! L'épure... Le mot…

ALEX : Ah, il a dû travailler, Paul... Il joue, ce soir ?

LA MUSE DU DÉPARTEMENT : Comme les trente-neuf autres. Quarante en scène. Quarante sur le plateau. Tous ensemble. Chacun incarne un mot. Un membre d'Helen Keller. Paul fait le petit orteil droit. Une minute. Muette. L'épure.

ALEX : On lui a apporté des P'tits beurre parce qu'il nous a dit qu'il y avait pas droit…

LA MUSE DU DÉPARTEMENT : Non. Le plaisir n'a pas sa place, dans une salle de théâtre. Le théâtre est fait d'exigence.

Pas de satisfactions corporelles. *(Un temps)* Je crois que les acteurs sont prêts.

ALEX : Mais, y'a pas d'autres spectateurs ? Ils sont quarante sur scène, et nous, on est deux dans la salle ?

LA MUSE DU DÉPARTEMENT : Deux, c'est pas mal. Hier, on a fait zéro. Zéro, c'est mon idéal. Le rien de la jauge. Pas de considérations commerciales. Que de l'art. Éthique. Y'a pas de coulisses. Y'a pas de sièges. Y'a pas de lumières. Entrez. Asseyez-vous. En silence. Je vous prends vos portables. Je vous les rendrai, à la fin. Ça dure quatre heures. Sans entracte. Je les mets près de la petite boîte. N'oubliez pas la petite boîte. Que voulez-vous. Je suis une artiste radicale. Éthique.

LA MÉTA-BASSINE

GAËL : jeune acteur toujours un peu vert.

(Gaël entre avec une bassine à la main, exactement comme dans le sketch « La Bassine »)

GAËL : Bon. OK. J'prends celle-là, alors ? Et quand j'entre, j'l'ai à la main ? Non, parce que j'ai pas compris l'histoire... J'trouve le texte vraiment confus, j'arrive pas à m'y retrouver, y'a pas de progression dramatique... Hein ? C'est un acteur qui joue dans *Lorenzaccio* et qui parle à son metteur en scène ? Bon, ça, j'avais compris. Ça va, ça, j'ai compris ! Mais c'est la bassine que je comprends pas... Parce que je suis d'accord avec le mec du sketch : la bassine, elle a rien à faire dans *Lorenzaccio* ! Je l'ai relu : y'a pas de bassine dedans ! Je comprends pas... Ah, d'accord : c'est une idée du metteur en scène de le faire jouer dans une bassine ? Ouais, bah, c'est con ! Pis, j'suis désolé, mais moi, je joue pas avec une bassine... C'est pas figural... Moi, j'fais du figural... Ce qui m'intéresse, c'est le mot... Et là, la bassine, c'est obscène... C'est un effet... comique ? Un effet comique ! J'fais pas de comique ! Le théâtre, c'est pas le cabaret ! *(Un temps)* Ah, c'est « méta » ? Ah... j'avais pas compris... Tu fais bien de me le dire... Ah, mais oui... mais oui, t'as raison : c'est pas figural, c'est figuratif, c'est une « méta-bassine » ! Ça renvoie au théâtre, aux baignoires, ouais, j'comprends maintenant, c'est fort... C'est beau ! Mais j'aurais peut-être une proposition à faire, parce que tu sais, moi, quand je joue, je réfléchis, j'pense en même temps, c'est pas facile mais j'pense en même temps : en fait, faut pas qu'on voie la bassine, faut pas une vraie bassine. C'est comme chez Maeterlinck. Chez Maeterlinck, y'a pas de bassine, y'a l'idée de la bassine. Ce que je te propose, on va laisser tomber le texte, il est pas bon de toute façon, on va faire un truc figuratif-figural, muet. *(Il s'allonge de façon à former un carré)* Et c'est moi qui fais la bassine. Pleins feux sur moi et ensuite on baisse, pendant dix minutes. *(Les lumières se baissent très lentement)*

SUR LE PONT D'AVIGNON

UNE GUICHETIÈRE indifférente et fatiguée
LE DIRECTEUR de la compagnie, flamboyant, le geste large.
L'ADMINISTRATEUR de la compagnie. Personnage de Labiche : mouche du coche, se cachant derrière son directeur.

À la gare d'Avignon, un jour de juillet caniculaire, le directeur de la compagnie « Sens du public », flanqué de son administrateur, à mallette, quinze billets de train en main et une guitare sur le dos. Une guichetière, de l'autre côté de la vitre.

LE DIRECTEUR : Bonjour mademoiselle. Nous avons une petite question, un petit souci, parce que je vous explique : nous avons là (*l'administrateur les sort*) une quinzaine de billets première classe Avignon-Paris, retour le 31 juillet. Ils sont non échangeables et non remboursables, mais je vais vous expliquer : une succession de malencontreux contretemps nous oblige à abréger notre séjour dans votre riante bourgade et nous voudrions nous faire rembourser ces billets.

LA GUICHETIÈRE : C'est non échangeable, non remboursable.

LE DIRECTEUR : Non mais d'accord, mais il y a des cas de force majeure et nous sommes je crois dans un cas de force majeure. Je me présente : je suis le directeur de la compagnie théâtrale « Sens du public », voici mon administrateur. On devait jouer trois semaines durant le festival et puis il y a eu un écueil : on vient de fermer le théâtre pour des raisons de sécurité, enfin je sais pas trop quoi…

L'ADMINISTRATEUR : Non parce que vous savez, quand nous sommes arrivés, le toit du théâtre n'était pas construit. Alors bon, ça va, c'est Avignon, on peut jouer en plein air…

LE DIRECTEUR : *(modérant)* En plein air... Les représentations sous le cagnard l'après-midi, le malaise cardiaque de Maurice, excuse-moi, mais…

L'ADMINISTRATEUR : Tout ça n'intéresse pas mademoiselle. Le truc, c'était surtout le tout à l'égout. La canalisation a pété. Une malfaçon. Résultat, nous, on dormait sur le plateau la nuit et ben voilà : plus un poil de sec, plus une affaire propre et, en plus, on peut plus jouer !

LE DIRECTEUR : Bref, vous voyez bien mademoiselle, c'est un cas de force majeure, il faut qu'on revienne à Paris, qu'on reprenne le cours de nos carrières interrompu si sauvagement…

LA GUICHETIÈRE : C'est non échangeable, non remboursable.

LE DIRECTEUR : Je crois que vous ne vous rendez pas compte, mademoiselle : c'est Avignon ! C'est le festival ! La SNCF a forcément prévu quelque chose pour les cas comme ça !

L'ADMINISTRATEUR : Moi, on m'avait parlé d'un package SNCF avec une garantie en cas d'annulation de spectacle…

LA GUICHETIÈRE : C'est non échangeable, non remboursable.

LE DIRECTEUR : Mademoiselle, je crois que vous ne comprenez pas bien. Vous, évidemment, vous vivez en province, vous avez votre salaire qui tombe tous les mois, la belle vie au bord de la piscine, tapenade, cigales, Giono, mais nous, non, non : vous savez combien ça coûte, un loyer, à Paris ? Vous savez combien on gagne pour rendre heureux des gens comme vous ? Pour les rendre heureux, ou les éduquer - je sais pas trop ! Une misère ! On gagne une misère, mademoiselle ! Et on les a payés, ces billets ! On les a payés ! Et là, on veut être remboursés, parce qu'on peut pas jouer !

L'ADMINISTRATEUR : A cause du tout à l'égout !

LE DIRECTEUR : Et Maurice ? Qu'est-ce qu'on en fait, de Maurice ? Il pourra p't'êt'e plus jamais jouer, à cause de vot' cagnard ! Vous y pensez à ça, vous ?

L'ADMINISTRATEUR : Et les miasmes ? Parce que, le tout à l'égout, y'a tout dedans ! Si ça se trouve, on a tous contracté l'hépatite, dans vot' festival !

LE DIRECTEUR : Le choléra !

L'ADMINISTRATEUR : Alors, on veut rentrer !

LA GUICHETIÈRE : Vous pouvez rentrer. Mais faut acheter d'autres billets…

LE DIRECTEUR : Mademoiselle, vous êtes jeune, vous ne pouvez pas savoir : on n'a pas de subvention pour acheter de nouveaux billets. C'était entendu avec la communauté d'agglo : eux, ils nous payaient les billets, nous on se débrouillait pour le reste. Ils nous ont pris des non-échangeables non-remboursables, d'accord, mais là, on veut rentrer, mais on peut pas payer les billets !

L'ADMINISTRATEUR : Les caisses sont vides, mademoiselle. *(Il sort un livre de comptes)* Regardez : recettes, dépenses... Je ne vous mens pas ! Les caisses sont vides ! Faites un geste ! Pour l'amour des artistes !

LA GUICHETIÈRE : Je ne peux pas. On ne peut pas. On aime les artistes. Tout le monde aime les artistes. Ce n'est pas le problème. Mais c'est non échangeable non remboursable. Ou alors vous montez dans un train sans billet, et vous voyez avec le contrôleur. Et vous lui expliquez l'histoire. Le coup de l'annulation, le choléra, le loyer à Paris, Maurice…

L'ADMINISTRATEUR : Le tout à l'égout !

LE DIRECTEUR : Finir comme ça. « Sens du public », repartir dans de telles conditions ! Et Maurice, sur sa civière ! Ah ! En partant pour ce festival, c'est pas ça qu'on avait en tête !

Je ne vous parle pas de Cour d'honneur, de dîners à la Mirande, de directs avec France 2 à l'heure du JT. Je parle de...je parle d'une rencontre entre un texte et un public. Le sacerdoce des saltimbanques…

L'ADMINISTRATEUR : Sous le cagnard !

LE DIRECTEUR : L'éternel éphémère, le miracle toujours renouvelé de cette cérémonie laïque, l'éblouissement de quelques-uns, donner toujours, ne jamais recevoir…

L'ADMINISTRATEUR : Aucune recette !

LE DIRECTEUR : Mais continuer quand même. L'inaccessible étoile. Vivre pour le meilleur. Retrouver l'envie.

L'ADMINISTRATEUR : L'envie d'avoir envie.

LA GUICHETIÈRE : Vous pouvez toujours faire la manche !

(L'administrateur sort la guitare de son étui et la donne au directeur)

LE DIRECTEUR : Nous voir réduits à ça ! « Sens du public » ! Pousser la chansonnette dans la gare d'Avignon ! Alors qu'on était les successeurs tout désignés de Jean Vilar !

L'ADMINISTRATEUR : Vilar, il a jamais eu de problèmes avec le tout à l'égout ?

LE DIRECTEUR : Tais-toi, et tends le chapeau !

(Ils chantent : « Sur le pont d'Avignon » et font la quête dans le public)

Le Spectatophile

Mouton
Oignon

Oignon entre en scène et regarde assez longtemps le public, en souriant et saluant gentiment de la tête. Mouton entre à son tour, regarde Oignon regarder, s'approche, entame la conversation.

MOUTON : Que faites-vous ?

OIGNON : Je regarde la salle.

MOUTON : Dans quel but ?

OIGNON : Regarder la salle.

MOUTON : C'est fréquent chez vous ?

OIGNON : Oui. Je suis spectatophile.

MOUTON : Spectatophile ?

OIGNON : Je regarde tout, observe tout.

MOUTON : Je croyais qu'être spectatophile concernait les arts.

OIGNON : Vous confondez avec spectateur. Spectatophile, c'est autre chose.

MOUTON : Ah ? Et qu'est-ce que c'est ?

OIGNON : Je suis amateur de l'existence.

MOUTON : Moi aussi.

OIGNON : Non, non. Vous ne pouvez pas rivaliser.

MOUTON : Comment ça ?

OIGNON : Je vous le dis, vous ne pouvez pas rivaliser.

MOUTON : Et pourquoi ?

OIGNON : Parce que je suis professionnel dans mon amateurisme.

MOUTON : C'est nouveau.

OIGNON : Le professionnel est à la connaissance ce que l'amateur est au plaisir.

MOUTON : Et vous combinez les deux ?

OIGNON : Parfaitement.

MOUTON : Plaisir et connaissance à la fois ?

OIGNON : Sans sourciller.

MOUTON : Et d'où sort le spectatophile ?

OIGNON : Dans votre bouche, c'est péjoratif.

MOUTON : En effet.

OIGNON : Pourquoi ?

MOUTON : Vous êtes un dilettante. Un artiste du dimanche.

OIGNON : J'aime les dimanches. Je suis un amateur de dimanches.

MOUTON : C'est bien ce que je disais. Un amateur. Un pisse-petit. Un petit-bras. Un acteur au rabais. Ou de complément. Un figurant. Une silhouette. Qui passe. Au loin. Que personne ne voit. Derrière du carton-pâte. Le demi-travail. La demi-gloire. Ou le demi-échec, d'ailleurs. Rien de grand. Que du médiocre. Je vous plains.

OIGNON : Le médiocre, c'est le milieu. J'aime le milieu. Je suis l'homme du milieu.

MOUTON : Vous n'avez de professionnel que votre badge.

OIGNON : Je prends le risque de venir ici parler de mon art.

MOUTON : Quel risque ? Quel risque y a-t-il à faire le clown devant un public condescendant ?

OIGNON : Ils ne condescendent pas toujours.

MOUTON : Enfin, votre public...Je suppose que c'est votre famille qui vient ?

OIGNON : Dites aussi que je suis venu en pantoufles ?

MOUTON : En pantoufles, oui. D'ailleurs, c'est à cela que l'amateur se reconnaît.

OIGNON : Et alors ?

MOUTON : Mais, vous n'en vivez pas ?

OIGNON : Non, mais ça m'aide à vivre !

(Un temps)

OIGNON : Revenons à nos oignons.

MOUTON : A nos moutons.

OIGNON : J'ai dit une bêtise ?

MOUTON : Les oignons ne se comptent pas avant de s'endormir.

OIGNON : Non, mais ils assaisonnent bien la salade.

MOUTON : Vous en débitez.

OIGNON : De quoi ?

MOUTON : Des salades.

OIGNON : Endives, scaroles, batavia !

MOUTON : Il a bien fallu vous mettre ces mots dans la bouche pour que vous existiez !

OIGNON : Je suis un affranchi.

MOUTON : En manque de public.

OIGNON : Je ne suis pas en manque, je suis spectatophile.

MOUTON : Il faut bien occuper ses journées.

OIGNON : Pendant ce temps-là, je n'escroque personne. Ne tue personne. Oh et puis à la fin, si vous êtes si clairvoyant que ça, allez dire à celui qui a pondu ce texte qu'il aurait fallu me mettre du Duras ou du Claudel, à la place.

MOUTON : De vrais professionnels.

OIGNON : Claudel avait des loisirs, vous savez.

MOUTON : Qu'est-ce que vous voulez que ça me fasse ?

OIGNON : Tous les dimanches, il pêchait la truite en amateur.

MOUTON : Son métier n'était pas d'attendre comme vous.

OIGNON : S'il n'avait pas attendu devant le pilier de Notre Dame, il n'aurait pas eu la révélation.

MOUTON : Parce que vous attendez la révélation ?

OIGNON : Non, la convention.

MOUTON : La convention ?

OIGNON : Celle qui statuera.

MOUTON : Sur quoi ?

OIGNON : L'amateur éclairé et l'obscur professionnel.

MOUTON : *(après un temps)* : C'est l'inverse.

OIGNON : Une grosse caisse dans une fanfare municipale vaut quelquefois mieux qu'un Toscanini en petite forme.

MOUTON : Et la truite de Claudel ?

OIGNON : Non, de Schubert !

MOUTON : Vous me cherchez les poux dans la tête.

OIGNON : C'est pas moi, c'est l'auteur.

MOUTON : L'amatauteur ?

OIGNON : Il peut toujours attendre.

MOUTON : Attendre quoi ? Sortez de cette passivité d'acteur qui ne sait pas qu'il est acteur ! Ou de spectateur pas convaincu d'être spectateur ! Agissez, bon Dieu ! Allez le trouver et sonnez-lui les cloches !

OIGNON : A qui ?

MOUTON : A l'amatauteur !

OIGNON : Je suis sous sa tutelle.

MOUTON : Il vous tue !

OIGNON : La question est donc : Tue-t-il ?

MOUTON : La question est utile.

OIGNON: Non, la question est : « Tutelle »

(Un temps)

OIGNON : Revenons à nos oignons.

MOUTON : A nos moutons !

OIGNON : On ne va pas en faire un plat.

MOUTON : Si, de vos salades !

OIGNON : Et en dessert, une ritournelle de verbiage et son baba au rhum ?

MOUTON : Si ça continue, c'est mon cerveau qui va attacher au moule !
OIGNON : À ce propos, savez-vous pourquoi le spectatophile aime les bonnes choses ?

MOUTON : Non. Vous vous attendiez à ce que je vous dise non ?

OIGNON : Oui.

MOUTON : Donc, vous êtes content ?

OIGNON : Peine et joie, vous savez …

MOUTON : Ah non ! Ce n'est pas la même chose !

OIGNON : La différence se pose là : amateur... professionnel... Le premier aurait de la joie, et le second de la peine... Le premier serait un jouisseur, le second se tuerait à la tâche... L'existence, c'est larmes et rires mêlés.

MOUTON : Oui mais la vie n'est pas un art.

OIGNON : Si, justement. Et l'homme, l'œuvre à accomplir.

MOUTON : Comme vous y allez.

OIGNON : J'aurais dû prévenir : mot d'auteur.

MOUTON : Oui, et mettre un panneau devant.

OIGNON : Vous êtes déjà tombé dans un mot d'auteur ?

MOUTON : Plus d'une fois.

OIGNON : Vous vous en êtes relevé ?

MOUTON : Une chance : il y avait la *vis comica.*
OIGNON : Et alors ?

MOUTON : Je l'ai desserrée et la vanne a jailli.

OIGNON : Ah...

(Un temps)

MOUTON : Donc, en considérant que la vie est un art, être spectateur l'est aussi ?

OIGNON : Dans certains cas, oui.

MOUTON : Alors moi vous regardant, c'est un art ?

OIGNON : Qui sait ?

MOUTON : Vous n'êtes pas une œuvre d'art !

OIGNON : Vous êtes amateur ?

MOUTON : Comment ?

OIGNON : Vous êtes amateur ? D'œuvres d'art ?

MOUTON : Oui.

OIGNON : Alors dans ce cas peut-être. Dans une certaine mesure.

MOUTON : Laquelle ?

OIGNON : Dans la mesure où la valeur du modèle est sublimée par votre attention.

MOUTON : Parce que vous êtes laid ?
OIGNON : Qui vous a dit ça ?

MOUTON : Vous insinuez que c'est mon attention qui ferait de vous une œuvre d'art ?

OIGNON : Je ne suis pas Alain Delon. Mais je ne suis pas Serge Gainsbourg non plus.

MOUTON : Je m'attendais à ce que vous me disiez : je ne suis pas la Joconde, mais je ne suis pas une esquisse non plus.

OIGNON : Comment entendez-vous : esquisse?

MOUTON : Je l'entends comme une esquisse.

OIGNON : Quel bruit ça fait l'esquisse ?

MOUTON : *Kss kss* …

OIGNON : Oh vous le faites bien ! Vous avez pris des cours ?

MOUTON : Bien sûr, des cours de *kss kss,* avec des profs de *kss kss.* Coréens.

OIGNON : Amateurs ou professionnels ?

MOUTON : Dans le *kss kss,* pas de place pour les amateurs.

OIGNON : Il y a un club de spectatophiles coréens ?

MOUTON : Y'a.

OIGNON : *Was* ?

MOUTON : Comment ?

OIGNON : Vous êtes sourd ?

MOUTON : Et vous ?

OIGNON : Spectatophile amateur !

MOUTON : Professionnel !

OIGNON : Le professionnel ne paye pas pour assister au spectacle. On l'invite. Or, vous avez payé.

MOUTON : Eh bien non. J'avais une détaxe.

OIGNON : Moi aussi.

MOUTON : Donc nous en sommes au même point.

OIGNON : Mi figue-mi raisin.

MOUTON : Mi amateur- mi professionnel.

(Un temps)

MOUTON : Adieu.

OIGNON : Vous partez déjà ?

MOUTON : Oui. Je vais aller attendre ailleurs.

OIGNON : Vous voyez que vous y venez !

MOUTON : À quoi ?

OIGNON : La spectatophilie !

MOUTON : Un promeneur solitaire n'est pas nécessairement un spectatophile !

OIGNON : S'il aime ce qu'il fait, la solitude lui pèse moins.

MOUTON : Peut-on s'ennuyer en amateur ?

OIGNON : Rêvasser pour rien. En amateur. Regarder les nuages. En amateur ?

MOUTON : Pensez-vous que les nuages regardent tomber la pluie ? En amateurs ?

OIGNON : Oui. Et ils se moquent bien des professionnels de la météo.

MOUTON : Ça tombe bien : j'en suis un.

OIGNON : Sans blague ?

MOUTON : Hélas !

OIGNON : Mais oui, je vous reconnais. Vous animez une carte virtuelle sur fond vert.

MOUTON : Je déplace des masses d'air, je brasse du vent.

OIGNON : Une dépression passagère ?

MOUTON : Ça me passera.

OIGNON : Présentateur ! Alors présentez mes excuses aux nuages. Je crains les avoir usés à force de les regarder.

(Un temps)

MOUTON : A la revoyure.

OIGNON : Pardon, je n'ai pas ma carte.

MOUTON : Ce n'est pas très pro.

OIGNON : Mais c'est très ama.

MOUTON : Je suis M. Mouton.

OIGNON : Enchanté, moi c'est Oignon.

MOUTON : Oignon et Mouton, spectatophiles.

OIGNON : Oignon et Mouton, promateurs amationnels.

Théâtre
aux éditions L'Harmattan

Dernières parutions

REGARD (LE) DE LAURENT TERZIEFF
Brunhes Olivier, Téphany Julien
Ce DVD propose deux documentaires inédits sur l'artiste d'exception qu'était Laurent Terzieff. *Laurent Terzieff et compagnie* d'Olivier Brunhes (1996, 26 minutes), montrant Terzieff au travail dans sa mise en scène de *Meurtre dans la cathédrale. Terzieff par lui-même* de Julien Téphany (2011, 38 minutes) nous fait découvrir à travers les archives de l'INA la carrière de ce surdoué qui a décidé de se retirer du monde des stars pour se consacrer à l'essentiel.
(20.00 euros) *ISBN : 978-2-296-56778-8*

CONTRIBUTION D'UNE OUVRIÈRE DU THÉÂTRE AU BONHEUR DU MONDE – Pratique de l'atelier théâtre
Augier-Jeannin Isabelle
Ce livre témoigne d'une expérience théâtrale qui permet à l'auteure de faire un constat : les techniques qu'elle a acquises et expérimentées peuvent contribuer à un mieux-être en société, et individuel. Ces techniques et les témoignages qui leur sont associés constituent un outil précieux pour les « intervenants » (compagnies théâtrales, amateurs ou professionnels, désireux de proposer des ateliers théâtre en parallèle à leurs activités de création), mais aussi pour les « accompagnants » qui ont un projet éducatif et/ou de société : enseignants, éducateurs, coachs...
*(39.00 euros, 396 p.)**ISBN : 978-2-336-00151-7, ISBN EBOOK : 978-2-296-50712-8*

KASSANDRA FUKUSHIMA SUIVI DE PROMÉTHÉE 2071
Pièces librement inspirées d'Eschyle
Jacques Kraemer
Ces deux pièces forment un diptyque dont le point de départ est le théâtre d'Eschyle : Prométhée enchaîné et Agamemnon. La première, Prométhée 2071, est travaillée par la question du réchauffement climatique et des désordres planétaires qui risquent d'en découler. La seconde, Kassandra Fukushima, exprime la hantise d'une articulation du terrorisme mondial au nucléaire militaire et civil.
(Coll. Théâtre des cinq continents, 10 euros, 64 p., juin 2012)
ISBN : 978-2-296-99061-6

L'EFFROYABLE CHANSON DU POÈTE VOYANT
Jean-Pierre Barbier-Jardet
Le message de cette pièce est axé sur la révolte contre la famille, l'Eglise et les despotes. Y figure la révolution de 1870, la Commune, mais aussi la guerre

d'Algérie et les tortures dénoncées dans le livre d'Henri Alleg, La Question. L'auteur retrace la guerre du Viêt Nam, l'Holocauste, la violence carcérale, comme les événements de mai 1968. L'amour y est présent sous sa forme la plus décriée puisqu'il s'agit d'homosexualité.
(Coll. Théâtre des cinq continents, 10,5 euros, 76 p., juin 2012)
ISBN : 978-2-296-97016-8

APPEL À LA FRATERNITÉ
M'envole, me pose, m'abandonne, résistant aux vents violents
Lucette JASON
Si la culture a un socle, celui-ci se trouve dans la diversité de nos réalisations. Cette oeuvre est un appel à la mise en commun de nos ressources pour mener à bien l'éducation des enfants. Cette démarche diminue les frustrations et la «rage», tout en acceptant d'écouter l'autre. Dans un quartier dit «difficile», Michael est défendu par sa mère, prête à résister. Elle se bat mais pense à la conciliation. Ses pas sont alors ceux de l'espoir.
(Coll. Théâtre des cinq continents, 12 euros, 88 p., juin 2012)
ISBN : 978-2-296-99248-1

CEUX DU PÉRIMÈTRE
Jean Larriaga
Ceux du périmètre sont jetés de chez eux sans ménagement, réduits à attendre que soit désactivée la bombe américaine de 500 kilos mise à jour au pied de leur immeuble. Les évacués attribuent à la bombe toutes les significations possibles. L'aîné d'entre eux, mémoire vivante des raids aériens de 1943 à 1944, affirme qu'il n'y en a jamais eu un seul ici. La peur se fera angoisse, le doute l'affirmation d'un châtiment rien que pour eux. Et pourquoi pas nucléaire ?...
(Coll. Théâtre des cinq continents, 12,5 euros, 112 p., juin 2012)
ISBN : 978-2-296-96241-5

CHAPEAU POUR NOTRE ÉPOQUE ! MI LÉPÔK, PAPA !
Pièce en créole et en français
Henri Melon
Nous sommes confrontés aux affres d'une révolution à l'échelle planétaire. Le mardi noir du 11 septembre 2001 est l'un de ses pics, tout comme «la crise». Dans cette pièce, alternativement comique et tragique, l'auteur rejette une troisième guerre mondiale en tant que solution appropriée au problème de l'humanité contemporaine.
(Coll. Théâtre des cinq continents, 12 euros, 96 p., juin 2012)
ISBN : 978-2-296-99312-9

LA PITIÉ DANGEREUSE
D'après le roman de Stefan Zweig
Elodie Menant
1913, dans une ville de garnison autrichienne, le riche M. Kekesfalva organise un bal costumé en l'honneur de sa fille, Edith, paralysée. Lors de cette soirée, la demoiselle rencontre Anton Hofmiller, jeune lieutenant de cavalerie. Pris de compassion pour elle, l'officier lui tient compagnie et les visites se succèdent.

Edith en tombe follement amoureuse. Comment réagir face à cet amour ? Quelles sont les limites et les dangers de la pitié ?
(Coll. Lucernaire, 8 euros, 84 p., juin 2012) *ISBN : 978-2-296-96646-8*

SOUS MA PEAU, LE MANÈGE DU DÉSIR
Geneviève de Kermabon
Ce texte est écrit à partir d'interviews d'anonymes sur le désir amoureux et d'extraits de l'oeuvre de Grisélidis Réal. Grand cirque de la passion, cabaret du sexe, manège du désir, cette pièce explore le fantasme et la réalité amoureuse dans tous ses états. L'Amour... Faire l'amour... et les autres, comment font-ils ? Que se cache-t-il dans ma tête et dans mon ventre, d'inavoué, de trouble, de sulfureux ? Suis-je normale ? Charlotte ne sait pas, Charlotte ne sait plus. Mais qui sait ?
(Coll. Lucernaire, 13,5 euros, 128 p., juin 2012) *ISBN : 978-2-296-96650-5*

LA MAIN INVISIBLE
Sylvie Jopeck
Les Naudin, famille de patrons, reçoivent Bernard Lubinski, directeur délégué de leur société, et sa femme. Dîner burlesque et tragique où entre séduction et humilitaion, se joue la comédie de la finance et de la fortune tandis que la ruse et le mépris manipulent ceux qui croyaient au pouvoir de l'argent. La Main invisible, celle dont l'économiste Adam Smith écrivait qu'elle conduit l'homme à «remplir une fin qui n'entre nullement dans ses intentions» est le théâtre de ce jeu de dupes.
(Coll. Théâtre des cinq continents, 11,5 euros, 92 p., juillet 2012)
ISBN : 978-2-296-99453-9

ELÉGANCE DES NAUFRAGÉS
Bernard Rongier
Un couple. H pour homme, F pour femme. Devant nous, cependant, deux personnages parfaitement individualisés, et comme le commande toute dramaturgie (ou presque), à la fois opposés et complémentaires. Lui mieux armé, plus à même de mener une barque pourtant fort incertaine ; elle plus faible, dépendante, souffrant de quelque obscure pathologie. Des éclopés de la vie, des laissés-pour-compte, certes. Mais puissamment liés par une sorte de tendresse résistante à l'accablement.
(Coll. Théâtre des cinq continents, 10 euros, 68 p., juillet 2012)
ISBN : 978-2-296-99660-1

MADAME DE VILMORIN
Annick Le Goff, Coralie Seyrig
D'après les interviews d'André Parinaud
La pièce, adaptée des entretiens de Louise de Vilmorin et d'André Parinaud, nous fait découvrir une séductrice et une grande amoureuse dotée d'un humour corrosif. Elle met en scène une femme de lettres étonnante qui se souvient de son enfance, des hommes qu'elle a aimés (Saint-Ex, Cocteau, Gallimard, Malraux) et d'un monde aujourd'hui disparu. Elle nous livre ses réflexions sur la littérature et sur la vie qui passe à la lueur d'une bougie et au détour de quelques interludes au piano.
(Coll. Lucernaire, 8,5 euros, 52 p., juillet 2012) *ISBN : 978-2-296-99412-6*

LA PAIX !

Vincent Colin

D'après Aristophane

« Nous autres les Malgaches, petit peuple vaillant vivant à l'écart des grands enjeux planétaires, avons décidé de nous adresser aux dieux pour qu'ils ramènent la paix sur Terre. » Gageons qu'Aristophane, ne serait pas fâché de voir les comédiens de la troupe malgache Landyvolafotsy s'emparer de cette version très libre de sa fameuse comédie. Le père Lagnole, l'un des leurs, s'élève vers l'Olympe, à l'aide d'une machine volante de sa propre confection, pour réclamer aux dieux la restitution ferme et définitive de cette paix qui leur fait tant défaut sur Terre.

(Coll. Lucernaire, 8,5 euros, 68 p., juillet 2012) ISBN : 978-2-296-99411-9

TROIS SOLITUDES

D.A.F. de Sade, Marie Lafarge, Josefa Menéndez

Jean-Marie Apostolidès

Trois individus ayant vécu à des moments différents de l'histoire sont arbitrairement réunis dans l'espace abstrait d'une scène de théâtre. Il s'agit du marquis de Sade, de l'écrivain romantique Marie Lafarge et d'une mystérieuse espagnole, cloîtrée dans un couvent de Poitiers, la soeur Josefa Menéndez. Chacun d'eux revit son existence et sa passion, exacerbée en raison de l'enfermement auquel il est soumis. L'excès, le délire et la mauvaise foi caractérisent leurs discours jusqu'au moment où ces trois vies brisées se rejoignent en un chant collectif.

(Coll. Théâtres, 15 euros, 146 p., juillet 2012) ISBN : 978-2-296-99191-0

MARELLE

Michel Cornélis

Un soir de noël, Paul et Lucie se retrouvent à minuit face à un cadeau étrange : une marelle dessinée sur le sol et un livre fermé de sept sceaux. Le chemin de la marelle les emmène sur un parcours initiatique parsemé de personnages étonnants. Au gré de leur rencontre, les deux adolescents vont mûrir et tisser des liens très forts afin de découvrir cette vérité détenue par le livre mystérieux.

(Coll. Théâtres, 10 euros, 64 p., juillet 2012) ISBN : 978-2-296-99657-1

L'HARMATTAN ITALIA
Via Degli Artisti 15; 10124 Torino

L'HARMATTAN HONGRIE
Könyvesbolt ; Kossuth L. u. 14-16
1053 Budapest

L'HARMATTAN KINSHASA
185, avenue Nyangwe
Commune de Lingwala
Kinshasa, R.D. Congo
(00243) 998697603 ou (00243) 999229662

L'HARMATTAN CONGO
67, av. E. P. Lumumba
Bât. – Congo Pharmacie (Bib. Nat.)
BP2874 Brazzaville
harmattan.congo@yahoo.fr

L'HARMATTAN GUINÉE
Almamya Rue KA 028, en face du restaurant Le Cèdre
OKB agency BP 3470 Conakry
(00224) 60 20 85 08
harmattanguinee@yahoo.fr

L'HARMATTAN CAMEROUN
BP 11486
Face à la SNI, immeuble Don Bosco
Yaoundé
(00237) 99 76 61 66
harmattancam@yahoo.fr

L'HARMATTAN CÔTE D'IVOIRE
Résidence Karl / cité des arts
Abidjan-Cocody 03 BP 1588 Abidjan 03
(00225) 05 77 87 31
etien_nda@yahoo.fr

L'HARMATTAN MAURITANIE
Espace El Kettab du livre francophone
N° 472 avenue du Palais des Congrès
BP 316 Nouakchott
(00222) 63 25 980

L'HARMATTAN SÉNÉGAL
« Villa Rose », rue de Diourbel X G, Point E
BP 45034 Dakar FANN
(00221) 33 825 98 58 / 77 242 25 08
senharmattan@gmail.com

L'HARMATTAN BÉNIN
ISOR-BENIN
01 BP 359 COTONOU-RP
Quartier Gbèdjromèdé,
Rue Agbélenco, Lot 1247 I
Tél : 00 229 21 32 53 79
christian_dablaka123@yahoo.fr

589685 - Décembre 2014
Achevé d'imprimer par